AF384465

PETITS POÈMES

DE

Mᵍʳ DE LA BOUILLERIE

PUBLIÉS

AVEC PRÉFACE ET RÉFLEXIONS

PAR UN DE SES DISCIPLES

Et es ei quasi carmen musicum quod suavi dulcique sono canitur.

« C'est vous, ô mon Dieu, qui donnez à la lyre du poète sa douceur et son charme ».

(EZECH., XXXIII, 32).

BAR-LE-DUC

TYPOGRAPHIE DES CÉLESTINS

36, RUE DE LA BANQUE, 36

—

1875

ŒUVRES DE MGR DE LA BOUILLERIE

Œuvres oratoires. 3 beaux. vol in-8°, papier vergé
saliné : 18 fr. — Chez L. Vivès, rue Delambre, 3.

Méditation sur l'Eucharistie, 1 vol. gr. in-32
44° édition : 2 fr.—Chez Amb. Bray, rue des SS. Pères, 66.

L'Eucharistie et la vie chrétienne, 1 joli vol.
in-16 elzévirien sur papier vergé : 3 fr. Chez V. Palmé,
rue de Grenelle, 25.

**Le cantique des cantiques, appliqué à l'Eu-
charistie.** Commentaire des trois premiers chapitres,
1 vol. in-18. Chez le même.

Étude sur le symbolisme de la nature (création
inanimée). 1 beau vol. in-8°, Chez Gaume et Duprey,
rue Cassette 4.

Études sur le symbolisme de la nature (création
animée) 1 beau vol. in-8°. Chez Martin-Beaupré, rue
Monsieur le Prince, 21.

PETITS POÈMES

PETITS POÈMES

DE

MGR DE LA BOUILLERIE

PUBLIÉS

AVEC PRÉFACE ET RÉFLEXIONS

PAR UN DE SES DISCIPLES

*Et es ei quasi carmen musicum quod suavi
dulcique sono canitur.*
« C'est vous, ô mon Dieu, qui donnez à la
lyre du poëte sa douceur et son charme ».
(EZECH., XXXIII, 32).

BAR-LE-DUC. — TYPOGRAPHIE DES CÉLESTINS

—

PARIS. — CHALLAMEL AÎNÉ, LIBRAIRE-ÉDITEUR
5, RUE JACOB, 5

—

1875

A Sa Grandeur

Monseigneur DE LA BOUILLERIE

Archevêque de Perga

Coadjuteur de Bordeaux.

Monseigneur,

Ce petit livre est à vous, aussi ne viens-je pas vous l'offrir, mais vous en remercier.

En mon nom d'abord, merci d'avoir bien voulu m'autoriser à publier ces « Petits Poèmes ». Au nom de tous ceux qui désiraient cette publication, et en particulier de la jeunesse chrétienne à laquelle elle est plus spécialement destinée, merci !

Il n'y a pas que les grandes eaux qui fécondent la terre, la rosée contribue, elle aussi, à sa fécondité. Ainsi, pour les âmes, vos écrits et vos discours, Monseigneur, sont les grandes eaux, cet opuscule est la rosée, et nul mieux que son auteur ne peut s'approprier ces paroles du conducteur d'Israël : « *Que les vérités que j'annonce soient comme une pluie abondante, et que mes paroles se répandent comme la rosée... et comme des gouttes d'eau sur des herbes naissantes (1)* ».

Si je me suis permis de joindre ma fade prose à votre savoureuse poésie, Monseigneur, j'ai du moins pris soin d'y mêler quelques extraits de vos œuvres, comme on mêle à une eau sans saveur quelques gouttes d'une liqueur généreuse qui lui communique son arome et sa vertu. Ce sera mon excuse et ma sauvegarde.

Daignez agréer, Monseigneur, l'expression de la vénération profonde avec laquelle je suis,

de Votre Grandeur,
Le très-humble et très-honoré disciple.

---

(1) *Concrescat ut pluvia doctrina mea, fluat ut ros eloquium meum... et quasi stillæ super gramina* (Deutéronome, XXXII, 2).

PRÉFACE

« Divine poésie, enivrante musique !
....
Fruit du ciel, plus brillant et plus doux que le jour,
Qui sert à l'âme humaine et de pain et d'amour ».
                                    (DE BEAUCHESNE.)

Un jour, le divin Maître, après avoir nourri cinq mille hommes avec cinq pains et deux poissons, ordonna à ses disciples de recueillir les restes du festin : *colligite fragmenta* (1).

Les petits poèmes qu'on va lire, tout pénétrés de séve chrétienne, ont déjà servi d'aliment à une

(1) S. Jean, VI, 12.

foule d'âmes pieuses. Il appartenait à un disciple, non pas seulement d'en recueillir les restes, mais de les recueillir tous, dans leur intégrité ; car le verbe humain a cela de commun avec le Verbe divin qu'il nourrit des multitudes sans s'épuiser ni s'amoindrir jamais. — Les disciples du Sauveur remplirent douze corbeilles ; on trouvera ici douze poèmes. Espérons que le nombre ne s'arrêtera pas là : meilleur on a plus on désire.

C'est donc un disciple qui a pris soin de recueillir, avec la permission du maître, ces petits chefs-d'œuvre, dispersés çà et là comme les miettes d'un pain que se serait disputé une foule affamée. Je dis avec la permission du maître, et non par son ordre, car le maître ne se préoccupait pas plus de ses poétiques accents que ne fait un prince des franges d'or de son royal manteau.

Ces poésies ce sont aussi des fleurs, et l'auteur n'en fut pas moins prodigue que le public en fut avide. A peine écloses, plusieurs mains s'en saisirent et les passèrent à mille autres qui se tendaient de toutes parts. Le disciple a voulu en former un bouquet : ce bouquet, le voici, sous la forme *d'un opuscule. Mince opuscule, il est vrai, mais qui prouvera une fois de plus que la valeur d'une œuvre ne se mesure pas à son volume.*

Pour parler sans figures, il convient de dire que la plupart de ces petits poèmes ont paru sur des images et des vignettes religieuses, mais sans unité et sans ordre, souvent même par simples fragments, comme des fleurs effeuillées, ce qui n'a fait qu'exciter le désir de les avoir au complet, et c'est pour répondre à ce désir bien souvent exprimé, que ce recueil paraît aujourd'hui.

Les sujets sont variés, comme les fleurs d'un jardin; mais quel que soit le sujet, on y trouvera toujours la grâce et le parfum qui sont l'apanage de toute fleur choisie et l'âme pieuse y puisera, comme l'abeille, des sucs exquis dont elle fera son miel.

Le roi des orateurs modernes (1) a défini l'éloquence : « Le son que rend une âme passionnée ». Ne pourrait-on pas définir la poésie : Le son que rend une âme harmonieuse? On en jugera par la

----

(1) Lacordaire.

*lecture de ces suaves mélodies dont la note domi-
nante chante le mystère de l'amour.*

> *— Sic nos amantem*
> *Quis nos redamaret —!*

*Toute âme qui aime chante, et la poésie est un
chant. Quelles ne sont pas ses harmonies quand
c'est l'amour du Verbe qui les inspire ! de ce Verbe
qui est lui-même le chant inénarrable et éternel de
Dieu !...*

*C'est ce souffle divin qui a fait vibrer la lyre
des Fortunat, des Bernard, des François d'Assise,
des Thomas d'Aquin... (1), illustre race qui
compte encore des descendants...*

*Cet opuscule convient à quiconque a le goût pur
et le tact délicat. Aussi bien convient-il tout parti-
culièrement à l'enfance, élevée sous l'aile de la Re-
ligion, et à cette intéressante jeunesse que n'a pas
déflorée le contact du monde.*

---

(1) Le pape saint Damase, malgré les innombrables sollici-
tudes du souverain pontificat, ne dédaignait pas de s'occu-
per de poésie : ..... *versu scripsit de virginitate, multa-
que alia metro edidit.* (Brév. rom., 11 octob., v^e^ leçon.)

Dans les familles chrétiennes, dans les pensionnats religieux on le donnera en prix, en souvenir de première communion, en cadeau de fête et d'étrennes ; on aimera à faire apprendre par cœur aux enfants ces pieux morceaux choisis, si propres à orner leur intelligence, à nourrir leur piété et à former leur goût. Il n'est tel que ces petits poèmes pour répandre la grâce sur les lèvres d'un enfant, il n'est tel que les lèvres d'un enfant pour ajouter, s'il se peut, au charme de ces petits poèmes.

Jusqu'à présent ces délicates poésies n'ont point affronté le grand jour de. la publicité ; elles ne se sont montrées qu'à demi et le plus discrètement possible. Attachées à des images religieuses, conservées dans des livres de prières, elles n'ont fait que passer entre des mains pieuses ou se mêler aux chants sacrés dans la maison de Dieu. Ainsi la violette se cache sous la mousse et le lis au fond de la vallée, ainsi la vierge timide se dérobe sous son voile ou dans la sainte obscurité du cloître.

En les publiant aujourd'hui, je ne puis me défendre d'un sentiment de crainte. — C'est la crainte de l'enfant qui dispose d'un joyau du trésor paternel. — La littérature de mauvais alloi a tellement dépravé le goût et affadi la piété ! les esprits sont si troublés, les cœurs si blasés ! l'horizon est encore si sombre !... Je tremble de voir mes fleurs flétries par la poussière ou brisées par l'orage... Mais non, Celui qui garde la fleur du champ et la vierge chrétienne gardera aussi ces pieuses poésies.

Allez donc, chants mélodieux et sacrés, allez comme des anges rapides : Ite angeli veloces, allez redire en tout lieu le nom et l'amour du Dieu de Bethléem, du Dieu du tabernacle, de ce Dieu qui fait ses délices d'habiter avec les enfants des hommes et qui est néanmoins pour un si grand nombre le Dieu inconnu !

I

DIEU

Qui dit au soleil sur la terre
D'éclairer tout homme et tout lieu?
Qui donne à la nuit son mystère?
　　O mes enfants, c'est Dieu.

Le bluet et le ciel superbe
Qui les a teints du même bleu?
Qui verdit l'émeraude et l'herbe?
　　O mes enfants, c'est Dieu.

Qui donne au bosquet son ombrage?
Et, quand l'oiseau chante au milieu,

Qui donne à l'oiseau son ramage ?
    O mes enfants, c'est Dieu.

Qui donne à chacun chaque chose,
A l'un beaucoup, à l'autre peu :
Moins au ciron, plus à la rose?
    O mes enfants, c'est Dieu.

Qui donne à vos mères le charme
De rire à votre moindre feu,
Pleurant à votre moindre larme?
    O mes enfants, c'est Dieu.

Quand pour sa mère ou pour son père
L'enfant tout bas fait un doux vœu,
Qui l'écoute et lui dit : Espère?
    O mes enfants, c'est Dieu.

Ce soir, après votre prière,
Quand vous nous aurez dit adieu,
Qui fermera votre paupière?
    O mes enfants, c'est Dieu.

RÉFLEXIONS

« Non loin des beaux rivages de la Provence, sur cette terre évangélisée par les amis du Sauveur, je sais un désert où règne le silence d'une profonde solitude. Quelques hommes généreux ont eu la pensée de s'y réfugier, loin des bruits du monde, et, pour animer leur Thébaïde, ils y ont fait pleuvoir la manne de l'Eucharistie. Dans un modeste oratoire, l'hostie sainte demeure exposée à leurs adorations perpétuelles, et les jours s'écoulent doux et paisibles au désert, au pied de cet adorable sacrement ... Dans un cloître intérieur, debout, au centre de ce cloître, s'élève la statue du Sauveur des hommes. Aux pieds de la statue, les religieux du Saint-Sacrement ont inscrit comme devise la parole du disciple bien-aimé sur le lac de Tibériade : *Dominus :* « Le Maître (1) ! »

Dans cet opuscule, nous l'avons dit, notre éminent auteur a fait de l'Eucharistie l'objet principal de ses chants. Mais à l'entrée de son sanctuaire

---

(1) *Nouvelles méditations sur l'Eucharistie,* par l'abbé Ant. Ricard. Le rivage de Tibériade.

poétique il a voulu, lui aussi, placer l'image de Celui « de qui procède tout bien et tout don parfait », et au pied de cette image il a écrit ce mot : « C'est Dieu », c'est le Maître : *Dominus est !* ...

Oui, c'est le maître du ciel et de la terre, des anges et des hommes, des peuples et des rois ; c'est Dieu !

En pénétrant dans ce poétique sanctuaire, nous verrons que Dieu a tellement aimé le monde, qu'il nous a donné son Fils unique, et que Jésus-Christ, à son tour, a tellement aimé le monde qu'il nous a donné Marie pour mère et l'Eucharistie pour nourriture. Dieu, créateur et maître, Jésus-Christ, sauveur et vivificateur, — l'Eucharistie, — la Vierge, mère de Dieu et notre mère,... voilà quelques-unes des principales vérités qu'il n'est permis à personne de mettre en oubli. C'est pourquoi, tandis que le poète les module sur sa lyre, l'orateur les proclame du haut de nos plus grandes chaires.

II

LA FLEUR DU CHAMP

ET

LE LIS DE LA VALLÉE

Ego flos campi et lilium convallium.
« Je suis la fleur du champ et le lis de
la vallée ».

(Cant., i, 2.)

I

L'histoire des saints est fertile
En aimables enseignements:
Partout l'agréable et l'utile;
On y lit des récits charmants.

Voici de sainte Véronique
Un trait que j'ai voulu noter :
On le donne comme authentique;
Je m'en vais vous le raconter.

Véronique, dès son jeune âge,
Aimait tendrement le Seigneur.
Jamais trop tôt l'on ne s'engage
A le chérir de tout son cœur.

Elle avait fait une chapelle,
En sa chambrette, au Roi des cieux :
Et pour chaque fête nouvelle
Elle ornait l'autel de son mieux.

Or, il advint, nous dit l'histoire,
Qu'en une fête de Noël,
Elle avait paré l'oratoire ...
Mais point de fleurs sur son autel !

Ignorante de bien des choses,
La pauvre enfant ne savait pas
Que c'est Mai qui donne les roses,
Et Décembre les durs frimas.

N'importe, son amour s'étonne :
« Ah ! l'hiver serait trop cruel
« De me refuser la couronne
« Dont j'ai besoin pour mon autel.

« Je n'ai que de la paille sèche
« A l'entour du berceau divin,
« C'est trop peu ! — Des fleurs pour ma crèche,
« Toutes les fleurs de mon jardin !

« Oui, des fleurs !... O Dieu que j'adore,
« Pour vous, c'est toujours le printemps ;
« Vous, qui seul les faites éclore,
« Pouvez les donner en tout temps ».

Aussitôt dit, l'enfant s'élance,
Court au jardin d'un pas pressé !...
Justement une neige immense
Le couvrait d'un manteau glacé.

L'enfant sur la neige elle-même
Tombe à genoux !.. et tout en pleurs :
« Jésus, dit-elle, toi que j'aime,
« Mon Jésus, donne-moi des fleurs ».

Nulle fleur ne perça la glace...
Mais que Jésus est bon pour nous!
Lui-même apparut à la place
Où l'enfant priait à genoux...

« Que ton âme soit consolée,
« Dit-il, je suis la fleur du champ,
« Je suis le lis de la vallée!...
Puis il s'échappe en se cachant.

La jeune enfant, d'abord troublée,
A bientôt reconnu Jésus!...
« Fleur du champ, lis de la vallée!...
« Ah! pourrais-je désirer plus ».

Elle remonte en sa chambrette
Près de son autel bien-aimé ...
Jamais parure plus complète
Jamais bouquet plus parfumé!

« Ma tristesse s'est envolée,
« Disait-elle avec un doux chant,
« Car j'ai le lis de la vallée,
« Je possède la fleur du champ ».

II

Cette histoire, je me l'applique
Et la livre à chacun de vous. —
Jésus ne fut pour Véronique
Que ce qu'il veut être pour tous.

Mais bien souvent, j'en ai la crainte,
Si nous demandons une fleur,
Ce n'est pas, comme notre sainte,
Pour parer l'autel du Seigneur !

Une fleur est pour nous, que sais-je ?
Le plaisir et la vanité...
Nous ne rencontrons que la neige...
Et nous l'avons bien mérité !

Cherchons les fleurs chastes et pures,
Le Seigneur nous les donnera :
Fondant les glaces les plus dures,
Lui-même il nous apparaîtra.

Il nous dira : « Soyez sans peine !
« Pour que vos cœurs soient embellis,
« Je vous offre à corbeille pleine
« Les saintes fleurs et les vrais lis ».

Seigneur, j'entends votre parole !...
Ah ! pour me rendre un peu meilleur,
Soyez pour moi ce doux symbole,
Soyez le lis, soyez la fleur.

Mon cœur est un sol bien aride
Brûlé par un vent desséchant !...
Mais de produire il est avide ;
Soyez pour moi la fleur du champ.

Et quand mon âme désolée
Fléchit devant vous pour gémir,
Soyez le lis de la vallée !
Purifiez mon repentir.

RÉFLEXIONS

Sainte Véronique Juliani naquit le 27 décembre, de l'an 1660, à Mercatello, petite ville du duché d'Urbin, dans l'Etat Pontifical.

Elle était la cinquième fille de François Juliani, et de Benedetta Mancini, deux époux chrétiens.

Elle fut béatifiée par Pie VII et canonisée par Grégoire XVI. Sa fête se célèbre le 9 juillet, jour anniversaire de sa mort.

Lorsque s'accomplit le fait dont on vient de lire le gracieux récit, Véronique n'avait que trois ans. Comme bien d'autres du même genre, il eut pour témoins ses quatre sœurs qui ne la perdaient jamais de vue. Il a été rapporté par son premier confesseur et écrit plus tard par la sainte elle-même pour obéir aux ordres de ses directeurs.

« Pour moi », dit un de ses biographes, « je crois volontiers à ces simplicités de l'amour divin. Notre-Seigneur n'a-t-il pas montré pendant sa vie combien il aimait les enfants ? Et si vous croyez qu'il déroge à sa dignité, rappelez-vous qu'il est père et que le cœur d'un père se prête facilement à ces naïvetés de l'amour filial ».

D'autres traits, choisis à une époque plus avancée de la vie de notre sainte, auraient sans doute manifesté des vertus plus mâles, un plus haut degré de perfection, des merveilles de grâces plus admirables ; celui-ci se distingue sous deux rapports : il est tout plein de charme, et il montre que la candeur, la foi naïve, l'amour pur de l'enfance est ce qui rapproche le plus de Dieu et ce qui attire dans un cœur Celui qui se nourrit parmi les lis et qui ne dédaigne pas de s'appeler lui-même « la fleur du champ et le lis de la vallée ».

> « Ah ! bien loin de la voie
> Où marche le pécheur,
> Chemine où Dieu t'envoie,
> Enfant, garde ta joie,
> Lis, garde ta blancheur ».

Mais laissons notre vénéré poète se commenter lui-même.

II

« Jésus-Christ est la fleur du champ ! (Le champ, c'est le monde.) Qui dira sa beauté divine, soit, lorsque, dans la maison de Nazareth, il grandissait en vertus et en grâces comme le calice qui s'ouvre aux premiers rayons de l'aurore ; soit, lorsque, durant les jours de sa vie apostolique, il promenait son parfum qui se répandait au loin et embaumait toute la Judée ; soit enfin, quand, du haut de la croix, il penchait sa tête sanglante comme une corolle de pourpre que l'orage a brisée ! ... Mais quoi ! Est-ce que la fleur est tombée pour toujours au Calvaire ? est-ce que le champ a perdu sa parure ? ... Non, la semence ne meurt sous la terre que pour vivre et se multiplier. C'est dans l'Eucharistie que la fleur divine opère sa merveilleuse multiplication. Le champ n'avait qu'une fleur, et maintenant il est émaillé de fleurs. Ouvrez nos tabernacles, contemplez nos autels. Sur nos autels les fleurs naissent chaque jour ; nos tabernacles sont comme des corbeilles pleines ! ... Le Dieu de l'autel, le Dieu du tabernacle, c'est Jésus-Christ, la fleur du champ.

« Si le monde créé ressemble à un vaste champ, n'est-il pas permis de dire que Dieu y a creusé une vallée profonde, qui est l'Eglise ? ... Là, les torrents de la grâce coulent et arrosent tous les rivages ... Ah ! comment la vallée n'aurait-elle point aussi sa fleur ? Elle est la même que celle du champ, car Jésus-Christ est la fleur unique. Mais, pour les âmes qui s'éloignent du monde, afin d'être entièrement à lui, .. Jésus-Christ emprunte une forme plus éclatante et plus charmante, ... il leur dit : « Je suis le lis de la vallée ».

« Non pas seulement le lis de la vallée, mais le lis des vallées ! ... Toute âme vraiment humble, toute âme qui dit avec Marie : « Voici la servante du Seigneur », toute âme qui se cache dans le sanctuaire est une vallée où le lis fleurit. Le monde donne aux âmes sensuelles le plaisir, aux âmes cupides la fortune, aux âmes orgueilleuses les honneurs, mais le lis, il ne le donne pas ! ... L'âme qui est humble n'a qu'un désir, et le Seigneur l'exauce. En s'approchant de la table sainte, elle s'humilie profondément ; mais plus elle s'humilie, plus elle creuse en elle-même la vallée où le lis fleurit ; et, quand le Seigneur vient à elle, il lui dit avec tendresse : « Ne crains rien, c'est moi ! je suis le lis de la vallée (1) ».

« Fleur du champ, lis de la vallée !...
« Ah ! pourrais-je désirer plus ».

(1) Le Cantique des cantiques appliqué à l'Eucharistie.

III

LE CIBOIRE DORÉ

Je vous raconterai l'histoire
Que j'ai lue en un manuscrit,
Au sujet d'un petit ciboire
Qui fut doré par Jésus-Christ.

C'était à ces heures funestes
Où tout un peuple, contre Dieu,
Contre ses dons les plus célestes,
S'armait et du fer et du feu.

Comme on craignait un crime impie,
Une jeune fille avisa
D'aller prendre la sainte hostie,
Et chez elle la déposa.

Où la cacher ?...dans son armoire !...
La pauvre enfant n'avait pas mieux.
Mais, comment trouver un ciboire
Pour y placer le Roi des cieux ?

Elle chercha dans sa vaisselle
Ce qui lui parut le moins mal !!...
Et choisit, modeste comme elle,
Un joli vase de cristal.

On déroba le saint asile
Aux fureurs d'un peuple brutal ;
Le Seigneur demeura tranquille
Dans le ciboire de cristal.

Mais, quand de sa cachette obscure
Le précieux trésor fut tiré,
Ciel !...l'hostie était blanche et pure,
Et le ciboire était doré !

Jésus avait empreint sa trace !!!
Tout ce qu'il touche devient or !
Et cette empreinte à la surface
Du ciboire se voit encor.

Ce n'est pas une parabole,
Je raconte un fait avéré.
Mais combien j'aime ce symbole
Du ciboire qui fut doré !

Jésus, mon cœur est un ciboire,
Mais qui n'a rien de riche en soi,
Pour lui renouvelle l'histoire
Du ciboire doré par toi.

L'humilité, la modestie,
La patience, la douceur,
Voilà, divine Eucharistie,
La dorure que veut mon cœur.

Mais le cristal se laissa faire !...
De nous il en est autrement.
Dieu nous dore comme ce verre
Et nous brisons notre ornement.

O Jésus, désormais fidèle,
Je ne veux pas t'abandonner,
Et ne plus perdre une parcelle
De l'or que tu sais me donner.

C'est la morale de l'histoire
Que j'ai lue en un manuscrit,
Au sujet d'un petit ciboire
Qui fut doré par Jésus-Christ.

RÉFLEXIONS

Ce touchant prodige, digne récompense de la foi et du courage, eut lieu sous la Terreur, dans l'église paroissiale de Pézillo de la Rivière, diocèse de Perpignan, où l'on en célèbre solennellement l'anniversaire. La jeune fille

> Qui déroba la sainte hostie
> Aux fureurs d'un peuple brutal,

se nommait Rose Lorens. Notre vénéré poète a donc bien sujet de dire :

> « Ce n'est point une parabole,
> Je raconte un fait avéré ».

Ce qui me charme dans ce poème, ce n'est pas seulement la grâce du récit, ce n'est pas seulement le miracle, c'est tout ce que j'y trouve de pieux et de moral :

> « Oh! combien j'aime ce symbole
> Du ciboire qui fut doré! »

L'acte de cette jeune fille, intrépide et pieux tout à la fois, apparaît, au milieu de l'anarchie révolutionnaire, comme un beau lis au milieu des épines : les épines nous offusquent et nous blessent, le lis nous ravit et nous embaume.

A une époque plus rapprochée de nous, dans les jours néfastes de la *Commune* (1870), peut-être s'accomplit-il quelque miracle analogue à celui-ci. Les anges le savent, moi je l'ignore. Ce que je sais, c'est que la faiblesse et l'innocence ont plus d'une fois triomphé de la force et du crime ; témoins ces enfants de Marie, de Saint-Sulpice, qui expulsèrent du saint lieu d'audacieux profanateurs, témoins ces âmes généreuses qui envoyaient aux otages — pas même, hélas ! dans des vases de cristal ; la prudence le leur défendait, mais dans de simples *petits pots* (1), le viatique des martyrs....

> Je reviens au petit ciboire
> Qui fut doré par Jésus-Christ.
> Je veux graver en ma mémoire
> La morale de ce récit,

---

(1) C'étaient les termes convenus pour éloigner tout soupçon de la part des sbires commis à la garde des otages.

Je veux retracer dans ma vie
Les vertus qu'indique l'auteur,
Pour que la sainte Eucharistie
Trouve un pur ciboire en mon cœur.

Oui, je veux garder l'innocence
Et pratiquer l'humilité
Pour avoir quelque ressemblance
Avec le ciboire doré,

Pour que Jésus, divine hostie,
Soit en moi dignement placé,
Que dans ce monde il soit ma vie,
Et ma joie dans l'éternité.

Nostra ergo pax et gaudium,
Sis vita, Jesu, et præmium ;
Sis ductor et lux in via,
Merces, corona in patria (1).
Amen !

(1) Fête commémorative de la Passion de Notre-Seigneur Jésus-Christ. Conclusion de l'hymne des Laudes.

IV

LE CIBOIRE DE CIRE

Vous souvenez-vous de l'histoire
Du petit ciboire doré ?
Il m'en vient une à la mémoire,
Tout aussi jolie à mon gré !

Dans une église de village,
Des voleurs entrèrent la nuit.
Un ciboire de leur pillage
Devint le sacrilége fruit.

Pour l'hostie, ils la méprisèrent,
Dédaignant ce trésor du ciel,
Et, fuyant, ils la déposèrent
Au milieu d'une ruche à miel !

Or, écoutez ! que de merveilles !
Lorsque le soleil se leva
Et que le maître des abeilles
Près de sa ruche se trouva,

Au lieu de voir, cherchant pâture,
Ces petits insectes ailés
S'éparpiller à l'aventure
Parmi les fleurs, parmi les blés,

Du sein de la ruche bénie,
Où les abeilles s'ébattaient,
Il entendait une harmonie,
Comme si les anges chantaient !

L'atmosphère était embaumée !...
Puis, quand la nuit couvrit les cieux,
Lumineuse et tout enflammée
La ruche parut à ses yeux !

Étonné d'un si grand prodige,
Le maître court chez son pasteur :
« Venez vite, venez, vous dis-je,
« Ici j'ai besoin d'un docteur ! »

Quand le prêtre vit la lumière
De la ruche dorer les bords,
Et les abeilles en prière
Murmurer leurs pieux accords :

« Vraiment, dit-il, c'est une ruche
« Telle que je n'en vis jamais !
« Du démon serait-ce une embûche ?
« Scrutons la chose de plus près ! »

Il ouvre la ruche ! ... Il admire ! ...
Les abeilles avaient formé
Un charmant ciboire de cire
Pour y placer le Bien-Aimé !

On sait que l'abeille dispose
Ses rayons de cire, d'abord ;
Puis, qu'à mesure, elle dépose
En chacun d'eux son beau miel d'or.

Mais quelle cire fortunée !...
Au lieu de contenir du miel,
Elle avait été façonnée
Pour recevoir le Dieu du ciel !

Divin Jésus, par ta parole,
Par ta grâce, par ton amour,
Rends-moi comme la cire molle,
Pour te recevoir chaque jour !

Je ne puis être que la cire !...
Car le miel, ô Jésus, c'est toi,
Plus savoureux qu'on ne peut dire
Quand tu daignes venir en moi !...

Mais je reviens à mon histoire...
S'agenouillant devant son Dieu,
Le prêtre enleva le ciboire,
Pour le rapporter au saint lieu.

Tout le peuple lui fit cortége,
Chacun exprimait son bonheur;
On déplorait le sacrilége...
Mais on bénissait le Seigneur !...

A la belle cérémonie
Les abeilles on invita ;
Oh ! quelle céleste harmonie
Quand l'essaim, au salut, chanta.

Là, pour confirmer ce miracle,
Dont j'ai lu les détails écrits,
En présence du tabernacle,
Deux malades furent guéris.

Divin Jésus, par ta parole,
Par ta grâce et par ton amour,
Rends-moi comme la cire molle,
Pour te recevoir chaque jour !

Mon âme, au ciboire pareille,
Veut conserver soigneusement,
Comme la cire de l'abeille,
Le doux miel de ton Sacrement !

L'enseignement de cette histoire,
Avec moi vous l'avez tiré ! . . .
Gardez-le dans votre mémoire
Comme le ciboire doré.

4

RÉFLEXIONS

Le prodige qui a servi de thème à ce petit poème est raconté comme il suit, dans *Les merveilles de l'Eucharistie,* du P. Rossignoli, ancien professeur et préfet des études au collége romain :

« Une nuit, deux voleurs ayant pénétré dans une église, s'emparèrent d'un ciboire d'argent. Comme ils traversaient une forêt pour s'échapper, ils ouvrent le vase sacré et jettent les divines Espèces au pied d'une ruche sauvage. Un jardinier, passant par là, entendit un murmure extrêmement mélodieux d'abeilles nombreuses et s'arrêta quelque temps à l'écouter, sans se rendre compte du phénomène. Son étonnement fut plus grand lorsque, repassant le lendemain avant le jour, il vit au-dessus de la ruche une lumière extraordinaire, avec un essaim d'abeilles, lesquelles, contrairement aux mœurs de ces animaux, volaient et s'animaient comme au plus brillant soleil.

Persuadé qu'il y avait là quelque mystère, il en donna avis à un prêtre de sa connaissance, et celui-ci à l'évêque. Le prélat jugea prudent de s'y rendre en personne. Arrivé sur les lieux, il voit, entend, examine, et juge qu'il y a prodige. Par ses ordres, le peuple est convoqué pour une grande procession, et on entoure la ruche. Alors seulement on y fait une ouverture assez grande pour distinguer ce qui se passe à l'intérieur. O merveille ! on découvre une sorte d'autel en cire, admirablement travaillé, avec un ciboire aussi en cire, et au milieu les saintes Hosties. Le peuple, à cette vue, éclate en chants de joie ; on entonne plusieurs psaumes, et on revient à l'église voisine, l'évêque portant dans ses mains le précieux ciboire, qu'il confia au tabernacle, où de longues années il fut conservé en témoignage du miracle ».

— Un poète du temps chanta en latin ces vigilantes abeilles. Le nouveau ne nous laisse rien à envier au mérite de l'ancien, et on lui saura gré de s'être servi d'une langue intelligible à tous.

V

LA

SAINTE HOSTIE DE FAVERNEY

*Segnior fuit ignis qui foris ussit, quam
qui intus accensit.*
(S. Leo, in nat. Sti Laurentii.)

Divine Hostie,
L'amour t'a mise en feu !...
Eucharistie,
Brûlant amour d'un Dieu,
Eucharistie,
L'amour t'a mise en feu !...

Feu si puissant que nul feu ne peut vaincre
L'ardent amour qui brûle dans ton sein :
A Faverney, l'on a pu s'en convaincre,
Quand l'incendie enflamma le lieu saint.

C'était la nuit!... et l'hostie exposée
Demeurait seule et rayonnait encor;
Des cierges purs la lumière embrasée
La couronnait d'un diadème d'or.

Le temple vide était dans le silence,
Et Jésus seul veillait en nous aimant!...
Quand tout à coup un cierge se balance...
Il tombe... et met en feu le monument.

Le lendemain... spectacle épouvantable!...
Fumée et flamme enveloppaient l'autel,
Et vainement l'on cherchait le rétable
Où l'on avait posé le Dieu du ciel!...

Mais, ô prodige!... immobile à sa place,
L'ostensoir d'or apparaît dans les airs!...
C'est qu'il portait Celui qui, dans l'espace,
Tient suspendu le poids de l'univers!

Puis, c'est en vain que la flamme épanchée
Étend au loin ses brûlants tourbillons;
Avec respect à l'hostie attachée
Elle lui fait comme autant de rayons!

Les trois Hébreux dans l'ardente fournaise
Ne sentaient pas l'attouchement du feu :
Ils y chantaient, s'y promenant à l'aise,
Le nom sacré, la gloire du vrai Dieu!

Comment Celui dont la toute-puissance
Rafraîchissait le feu devant leurs pas,
N'aurait-il pu lui dire : « En ma présence
« Éteins ta flamme et ne me touche pas!... »

Mais non... plutôt... la flamme ne peut vaincre,
En son ardeur, l'ardent amour d'un Dieu!...
A Faverney, l'on a pu s'en convaincre,
Quand l'incendie embrasa le saint lieu!

O feu divin, mon pauvre cœur s'allume
A des foyers profanes et mortels!...
Éteins ma flamme à celle qui consume
Ton Sacrement brûlant sur nos autels!...

Mais, rafraîchir les ardeurs de mon âme,
Ce serait peu... Si j'ai froid loin de toi...
On meurt de froid, comme on meurt dans la
[flamme!...
O feu divin, viens et réchauffe-moi!...

Or, chaque année, on fête la mémoire
Du beau miracle en ces lieux accompli;
Et Faverney montre, fier de sa gloire,
La sainte hostie au peuple recueilli!

Comme le feu n'avait rien pu contre elle,
Le temps non plus ne peut rien désormais;
Du feu divin l'ardeur est immortelle,
Ni temps, ni feu ne l'éteindront jamais!

Divine Hostie,
L'amour t'a mise en feu!...
Eucharistie,
Brûlant amour d'un Dieu,
Eucharistie,
L'amour t'a mise en feu!...

RÉFLEXIONS

Le miracle de Faverney est d'une authenticité irrécusable. On en trouve le récit dans les *Annales* du cardinal Baronius, continuées par Henri Sponde.

Ce miracle eut lieu le 25 mai 1608, dans l'église abbatiale de Notre-Dame de Faverney, diocèse de Besançon, résidence des moines Bénédictins.

Chaque année, au jour de la Pentecôte, un grand nombre de fidèles se rendaient à ce sanctuaire pour gagner l'indulgence plénière accordée par les souverains pontifes. A cette occasion, on avait coutume de dresser à l'entrée du chœur un autel en bois, richement décoré, où l'on exposait le saint-sacrement. Or, une nuit le feu prit à l'autel. Autel, gradins, tabernacle, ornements, tout, jusqu'au tapis, devint la proie des flammes. L'ostensoir, seul, qui renfermait deux grandes hosties, ne fut point endommagé ; il demeura à la même place, sans aucun soutien, suspendu en l'air, en présence de dix mille personnes. Il en vint de la Bourgogne, de la Franche-Comté et des provinces voisines environ deux cent mille.

Ce prodige dura trente-trois heures, d'autres disent trois jours, au bout desquels, pendant qu'un curé du voisinage, venu en procession avec tout son peuple, offrait le saint sacrifice, au moment de l'élévation, l'ostensoir descendit lentement, sans le secours de personne, et vint se poser sur un missel, couvert d'un corporal qu'on avait préparé à cet effet. Ce nouveau prodige s'accomplit sous les yeux d'une foule immense qui éclata en acclamations.

Après une instruction juridique des plus sérieuses, l'archevêque de Besançon porta jugement sur la réalité du miracle. Le pape Paul V donna lui-même une bulle en ce sens.

Une des hosties miraculeuses fut accordée à la ville de Dôle. On célèbre chaque année à Dôle et à Faverney l'anniversaire de ce miracle.

VI

LA NUIT SOMBRE

La nuit sombre
Etend son ombre !
Ses voiles ont caché les étoiles des cieux,
Qui ne laissent plus voir leur brillante cou-
[ronne ;
Mais moi, devant l'hostie exposée à mes yeux,
Je t'adore, ô Jésus ! et pour moi tout rayonne.
C'est le grand jour
Des splendeurs de l'amour.

La nuit sombre

Etend son ombre !

Et nul bruit n'interrompt son cours mysté-
[rieux.

Le silence est partout dans l'enceinte bénie.

Mais moi, devant l'hostie exposée à mes yeux,

Je t'écoute, ô Jésus ! et j'entends l'harmonie,

La douce voix

Du puissant Roi des rois.

La nuit sombre

Etend son ombre !

Les membres fatigués et les cœurs soucieux

Se livrent au repos, le sommeil les oppresse.

Mais moi, devant l'hostie exposée à mes yeux,

Je veille, ô mon Jésus ! dans une sainte
[ivresse

Tout près de toi

Qui veilles près de moi.

La nuit sombre

Etend son ombre !

Et le sommeil trompeur a des rêves joyeux
Que fait bientôt mentir le retour de l'aurore.
Pour moi, devant l'hostie exposée à mes yeux,
Ce n'est point un vain songe, ô Jésus ! je t'a-
[dore
Félicité
D'éternelle beauté !

La nuit sombre
Etend son ombre !
Peut-être autour d'ici les pécheurs oublieux
Se livrent aux excès d'une coupable orgie.
Pour moi, devant l'hostie exposée à mes yeux,
Je savoure, ô Jésus ! la suave ambroisie
Et le festin
D'un aliment divin.

La nuit sombre
Etend son ombre !
Mais déjà remontant vers le ciel radieux
L'astre brillant du jour éveille la nature

Et l'hostie a cessé de paraître à mes yeux.
Je te quitte, ô Jésus! pour moi la vie obscure
A commencé.
Mon bonheur est passé !

RÉFLEXIONS

Il est pour vous, ce chant d'amour, âmes chrétiennes, qui, en songeant à l'Eucharistie, dites, avec l'Epouse des cantiques : « Je dors, mais mon cœur veille ». Il est pour vous surtout, fidèles associés de l'adoration nocturne, qui, lorsque

> « La nuit sombre
> Etend son ombre, »

faites la garde à l'Hôte divin de nos autels.

Hélas ! ce n'est pas seulement dans le monde physique que

> « La nuit sombre
> Etend son ombre, »

c'est aussi dans le monde moral. D'épaisses ténèbres enveloppent les âmes sur lesquelles ne luit pas le soleil de Justice, le Dieu d'amour et de vérité. Ces ténèbres de l'erreur et du péché se propagent d'une manière effrayante. Il semble qu'elles vont tout envahir !..

Mais au sein même des ténèbres il y a une lumière pour ceux qui ont le cœur droit : *in tenebris, lumen rectis* (1) ; c'est le Verbe fait chair (2). Ne craignez donc pas, vous, chers amis de Jésus : *Nolite timere, vos* (3) ; « ne craignez pas, petit troupeau » qui vous pressez aux pieds du divin Pasteur... Mais lorsque vous êtes là, près de ce Dieu « qui éclaire tout homme venant en ce monde », songez à ces pauvres âmes sur lesquelles

> « La nuit sombre
> Etend son ombre, »

et priez pour qu'elles s'approchent de lui, elles aussi, et qu'elles soient éclairées (4).

O Dieu Sauveur, ô Jésus, demeurez avec nous, car il se fait tard, et là où vous n'êtes pas

> « La nuit sombre
> Etend son ombre, »

mais partout où vous êtes la nuit elle-même

---

(1) Ps. cxi, 4.
(2) *Erat lux vera,... et lux in tenebris lucet.* S. Joan.
(3) S. Matth., xxviii, 5.
(4) *Accedite ad eum, et illuminamini.* Ps. xxxiii. 6.

s'illumine de feux qu'elle ne connaissait pas ; ce n'est plus la nuit sombre,

« C'est le grand jour
Des splendeurs de l'amour. »

VII

LE CŒUR ET LE TRÉSOR

Ubi est thesaurus tuus, ibi et cor tuum erit.
« Où est votre trésor, là sera votre cœur ».

(S. MATTH., VI, 21.)

Seigneur, vous avez dit vous-même
Cette parole vraiment d'or :
Quel que soit le trésor qu'on aime,
Le cœur est avec le trésor !
Aux pieds de la divine Hostie,
J'ai compris ce mot du Seigneur.
Mon trésor, c'est l'Eucharistie :
C'est donc aussi là qu'est mon cœur !...

Mon trésor, serait-ce l'idole
Qu'on appelle l'argent ou l'or ?
Que ronge le ver, ou qu'on vole ?
Non : ce n'est pas là mon trésor.
L'or de la richesse infinie
Seul a pour moi de la valeur.
Mon trésor, c'est l'Eucharistie :
C'est donc aussi là qu'est mon cœur !...

Mon trésor, est-ce le feuillage
Qui m'abrite sous son réseau ?
Non : le bosquet, son doux ombrage,
N'est que le trésor de l'oiseau !...
Moi, j'aime mieux l'ombre bénie
Des tabernacles du Seigneur !...
Mon trésor, c'est l'Eucharistie :
C'est donc aussi là qu'est mon cœur !...

Ou serait-ce l'eau qui serpente,
Sur l'herbe, autour de la maison ?
Non : l'eau qui coule dans sa pente,
N'est que le trésor du gazon...

Coulez sur moi, source de vie,
Source féconde du Sauveur !...
Mon trésor, c'est l'Eucharistie :
C'est donc aussi là qu'est mon cœur !...

Que, puis-je vouloir sur la terre,
Que puis-je désirer au ciel ?
Tout mon ciel est dans ce mystère,
Mon univers est à l'autel !...
Jésus est mon unique envie,
Puisque seul il fait mon bonheur.
Mon trésor, c'est l'Eucharistie :
C'est donc aussi là qu'est mon cœur !...

L'autel est la divine école
Où s'éclaire et grandit ma foi ;
Je m'y nourris de la parole
Qui fait aimer la sainte loi.
J'apprends la douce modestie,
L'humble charité, la ferveur.
Mon trésor, c'est l'Eucharistie :
C'est donc aussi là qu'est mon cœur !...

Heureux celui qui vous contemple
Au tabernacle nuit et jour !...
Mais quand je m'éloigne du temple,
J'y demeure avec mon amour...
De moi la meilleure partie
Ne saurait vous quitter, Seigneur !...
Mon trésor, c'est l'Eucharistie :
C'est donc aussi là qu'est mon cœur !...

RÉFLEXIONS

C'est dans le cours de son immortel sermon sur la montagne que le divin Maître prononça ces paroles : « Ne thésaurisez point pour la terre, mais pour le ciel ; car, où est votre trésor là aussi est votre cœur (1) ».

Il n'y a sur la terre qu'un trésor véritable, c'est l'Eucharistie ; trésor caché dans le champ de l'Eglise, caché sous les voiles du sacrement, et c'est ce qui fait que l'Eglise est ici-bas une image du ciel, car « le royaume de Dieu est semblable à un trésor caché dans un champ (2) ».

Ce trésor, il faut le chercher avec une volonté droite et un cœur pur... Oh ! qu'il est doux, le Dieu du tabernacle, qu'il est doux à ceux qui le cherchent ! mais qui dira les délices de ceux qui l'ont trouvé !

Quam bonus te quærentibus!
Sed quid invenientibus (3)!

(1) S. Matth., VI, 16.
(2) Ib., XX, 44.
(3) Hymne de la fête du saint Nom de Jésus.

Et lorsqu'on l'a trouvé, avec quel soin jaloux ne doit-on pas le garder ! Garder Jésus comme le gardait Joseph, pour l'âme chrétienne c'est la vraie gloire (1). Le garder, et tout laisser pour lui (2); rompre tous les liens qui en retiendraient notre cœur éloigné, car notre cœur doit être où est notre trésor.

O Jésus, mon âme reste attachée au pavé du sanctuaire, *adhæsit pavimento anima mea*; car c'est là que vous daignez habiter :

> « Mon trésor, c'est l'Eucharistie,
> C'est donc aussi là qu'est mon cœur. »

---

(1) *Qui custos est Domini sui glorificabitur.* Proverbes, XXVII, 18.

(2) *Vendit universa quæ habet et emit agrum illum.* S. Matth., XIII, 44.

VIII

LA PETITE PORTE DORÉE

Ecce sto ad ostium et pulso.
« Je me tiens à la porte et je frappe ».
(Apoc., III, 20.)

Si jamais, nous dit la Sagesse,
Dieu vous donne un fidèle ami,
Que votre pas use sans cesse
De sa porte le seuil béni...
A ce précepte ma pensée
Se dirigeant vers le saint lieu,
Va fixer la Porte Dorée
Du Tabernacle de mon Dieu...

6

A quel autre objet sur la terre
Irai-je donner mon amour?
L'amitié souvent éphémère
Se fane ici-bas en un jour;
Mais en mon Jésus sa durée
Ne connaîtra jamais de fin :
O petite PORTE DORÉE
Entr'ouvre-moi ton seuil divin!

En mon Jésus dans la détresse
Je trouve un doux consolateur;
Il sait bien charmer la tristesse,
Lui qui fut l'Homme de douleur!...
Aussi quand mon âme blessée
Fléchit sous le poids du chagrin,
Je frappe à la PORTE DORÉE
Et n'y frappe jamais en vain...

Quand la lassitude m'accable
Je vais y chercher le repos :
Par sa présence secourable
Il allége tous mes travaux...
O vous dont l'âme est fatiguée,
L'esprit malade et le cœur las,

Allez à la PORTE DORÉE
Où votre Dieu vous tend les bras...

Aux jours mauvais lorsque l'orage
Gronde autour de mon pauvre cœur,
Alors que Satan dans sa rage
Vient m'attaquer avec fureur :
Confiante, quoique éplorée,
Pour échapper à l'ennemi
Je fuis vers la PORTE DORÉE
Où m'attend mon meilleur ami.

Si quelque faute ou quelque chute
Vient couvrir mon front de rougeur,
A Celui que rien ne rebute
Je vais confier ma douleur...
Du pardon mon âme assurée
A pourtant besoin de gémir...
J'assiége la PORTE DORÉE
Pour y cacher mon repentir!

A l'autel où l'amour m'enchaîne
Je trouve un confident discret;

Il sait ma joie... il sait ma peine,
Pour lui je n'ai pas de secret ;
J'y puis passer une journée,
.Et j'ai beaucoup à dire encor ;
Aussi vers la Porte Dorée
Dès l'aube je prends mon essor.

Si mon cœur à tout la préfère,
Cette Porte qui me ravit,
Combien surtout elle m'est chère
A l'heure où Jésus la franchit !...
Ne reste donc jamais fermée
Pour me donner le Dieu d'amour,
O petite Porte Dorée !
Laisse-le passer chaque jour...

RÉFLEXIONS

I

« Je me tiens à la porte et je frappe !... »

« Est-ce Jésus-Christ qui m'adresse cette parole ? Est-ce lui qui se tient près de moi, et qui me demande de lui ouvrir ?... Ou bien est-ce moi qui parle à mon Sauveur et à mon Dieu, et qui frappe à son divin seuil afin de pénétrer jusqu'à lui ?

« C'est Jésus-Christ qui parle le premier, car c'est toujours lui qui me prévient. C'est lui qui me sollicite. C'est lui qui veille lorsque je dors. C'est lui qui me cherche quand je m'égare. C'est lui qui m'appelle lorsque je suis loin. C'est lui qui se tient à ma porte et qui frappe !... A ma porte !... qu'est-ce à dire, sinon à celle de mon cœur ?...

« Toutefois, si Jésus-Christ, prévenant nos bons désirs et devançant notre bonne volonté, nous répète en toute circonstance : « Je me tiens à la porte et je frappe », cette même parole ne se trouvera-t-elle pas également sur nos lèvres ! Et nous

aussi, ne dirons-nous pas à notre tour : « Seigneur, je me tiens à votre porte et je frappe. *Sto
ad ostium et pulso !* » Ce langage dans notre bouche
est celui de l'humilité et de la prière...

« Mais, de même que c'est principalement
dans le mystère de l'Eucharistie que Jésus-Christ
se tient pour frapper à la porte de notre cœur,
de même c'est au pied des saints autels que nous
aimons surtout à dire : « Seigneur, je me tiens à
la porte de votre tabernacle et je frappe. *Sto ad
ostium et pulso* ».

« O moment plein d'ivresse, que celui où l'âme,
dans l'élan de sa prière, force la porte du tabernacle, et où Jésus-Christ, dans l'élan de son
amour, force la porte de notre cœur ! Nous ne
frappons plus, et Jésus-Christ ne frappe plus ;
car il entre et nous entrons. Il est en nous et
nous en lui (1) ».

II.

Qu'est-ce qu'une porte ? C'est ce qui ouvre
et ferme l'entrée d'une maison. Or, la maison, ici, c'est le tabernacle, et le tabernacle

------

(1) *Méditations sur l'Eucharistie*, par Mgr de la Bouillerie. — La Porte du tabernacle, *passim*.

c'est la maison de Dieu : la petite porte dorée en est la porte.

> « Ne reste donc jamais fermée
> Pour me donner le Dieu d'amour, -
> O petite Porte dorée!
> Laisse-le passer chaque jour. »

Bethléem signifie *maison du pain*. Si ce nom convenait à la petite ville où est né, dans l'infirmité de la chair, le Dieu qui devait se donner un jour en nourriture à nos âmes, à plus forte raison convient-il au tabernacle où ce même Dieu réside actuellement sous les espèces du pain.

A la vue de la *petite porte dorée* du tabernacle, mon cœur tressaille, et je me sens pénétré d'amour et de reconnaissance. Je sais que j'ai là un ami, un consolateur, un soutien, un refuge, un défenseur, un confident discret,... mais j'oublie tous ces titres pour me dire : J'ai là mon père et mon pain quotidien.

O Père ! je suis votre pauvre mendiant, je frappe à votre porte et je vous demande mon pain... Eh quoi ! me répond ce bon Père, ne sais-tu pas que ta place est marquée à ma table, que tu t'y nourris à ton gré de ma substance,

et que tu reçois avec elle le gage de l'immorta-
lité ?...

Et en effet, ô âme chrétienne, dans la maison
de notre Père nous avons tout en abondance ;
mais combien de pauvres prodigues qui meurent
de faim dans des régions lointaines !... Son-
geons à ces frères malheureux, et efforçons-
nous de les ramener à la maison du pain...
Disons-leur avec notre poète :

> « O vous dont l'âme est fatiguée,
> L'esprit malade et le cœur las, »
> Venez « à la *Porte dorée*
> Où votre Dieu vous tend les bras. »

IX

L'ANGE ET L'AME

n chérubin dit un jour à mon âme :
 tu savais la gloire de mon ciel,
 tu voyais les purs rayons de flamme
 e sur mon front projette l'Eternel !...
 répondis à l'Archange céleste :
 i qui vois Dieu plus brillant que le jour,
 n Dieu caché sur un autel modeste
      Sais-tu l'amour ?

L'Ange reprit : Sais-tu ma joie immense
De contempler en face un Dieu si beau ?...
Le ciel pour moi tous les jours recommence,
Et tous les jours mon bonheur est nouveau...
Je répondis : Sais-tu ce qu'est l'hostie,
Toi dont le cœur ne s'est point égaré ?
Près d'un Dieu bon, près de l'Eucharistie
        As-tu pleuré ?

Le Chérubin voulut parler encore :
Sais-tu, dit-il, mon aliment divin ?
Aimer, servir le grand Dieu que j'adore,
M'unir à lui voilà mon seul festin...
Je répondis au lumineux Archange :
Tu te nourris de la Divinité ;
Mais l'humble pain que j'adore et je mange
        L'as-tu goûté ?

O Chérubin de la sainte patrie,
Louons ensemble un Dieu si bon pour nous ;
A toi le ciel, à moi l'Eucharistie !...
Notre partage à tous deux est bien doux.

J'aspire un jour à voir aussi mon Père ;
Mais ici-bas l'autel est tout mon bien ;
Voilà mon sort…'Ton bonheur, je l'espère…
J'aime le mien.

RÉFLEXIONS

On a souvent redit les épreuves de l'âme exilée. Il est bon de parler de ses consolations et de ses joies. La terre, il est vrai, c'est la vallée des larmes, c'est le champ de bataille, c'est le lieu du voyage. Mais dans ce triste désert de la vie n'y a-t-il donc ni source limpide, ni frais ombrage pour le voyageur fatigué ? Ses yeux devront-ils se lasser à regarder le ciel, comme s'ils n'avaient nulle part où se fixer sur la terre (1)? Son cœur ne trouvera-t-il pas un cœur compatissant et fidèle sur lequel il puisse s'appuyer ? Vos enfants de la terre, ô mon Dieu ! auraient-ils donc tout à envier à leurs frères du ciel ? Non, ô le meilleur des pères ! Si vous êtes la récompense des élus qui vous voient face à face, vous êtes le soutien, la consolation, la joie des exilés sous les voiles eucharistiques.

Sans doute le ciel est toujours le ciel, et la terre reste toujours la terre ; mais la terre a quel-

____

(1) *Attenuati sunt oculi mei, suscipientes in excelsum.* Isaïe, **XXXVIII**, 14.

que chose du ciel, puisqu'elle possède l'Eucharistie (1). Aussi, dans le ravissant colloque qui
s'établit ici entre un habitant du ciel et une âme
voyageuse, entend-on sans surprise l'âme dire à
l'archange céleste :

> « A toi le ciel, à moi l'Eucharistie,
> Notre partage à tous deux est bien doux! »

(1) *Quid mihi est in cœlo, et a te quid volui super ter-*
ram, Deus cordis mei et pars mea, Deus... Ps. LXXII, 25.

X

TOUS LES BIENS

VIENNENT AVEC ELLE

Tous les biens viennent avec elle !
Elle est l'Eucharistie, elle est l'amour divin,
Elle est d'un Dieu puissant le bienfait souve-
[rain,
Elle est l'espérance immortelle !
Jésus, en ce trésor, a voulu réunir
De ses dons les meilleurs, le plus doux souve-
[nir :
Tous les biens viennent avec elle !

Tous les biens viennent avec elle !
Elle est l'enfant Jésus souriant au berceau,
Elle est le bon pasteur ramenant au troupeau
     La pauvre brebis infidèle !
Elle est l'agneau sans tache, immolé sur la
                       [croix,
Vie et mort de Jésus ! elle est tout à la fois !
     Tous les biens viennent avec elle !

     Tous les biens viennent avec elle !
O vous qui succombez sous le poids des dou-
                       [leurs,
Venez pleurer près d'elle ! ! Elle essuiera vos
                       [pleurs !
     L'âme en l'aimant se renouvelle !
Et, brisant les filets du monde et de la chair,
Vole comme l'oiseau dans les hauteurs de
                       [l'air !
     Tous les biens viennent avec elle !

     Tous les biens viennent avec elle !
Au matin de ses jours quand l'enfant a goûté

Du pain mystérieux la sainte volupté,
　　Jusqu'au soir il se la rappelle !
Et son dernier instant est un suprême adieu,
Un suprême baiser qui l'unit à son Dieu !
　　Tous les biens viennent avec elle !

　　Tous les biens viennent avec elle !
Vos biens, Seigneur Jésus ! deux fois vous les
　　　　　　　　　　　　　　　[donnez :
D'abord, au saint autel ! puis, aux lieux fortu-
　　　　　　　　　　　　　　　[nés
　　D'une récompense éternelle !
Mais sans l'Eucharistie arriverais-je aux cieux ?
Elle en est l'avant-goût et le chemin joyeux ;
　　Tous les biens viennent avec elle !

RÉFLEXIONS

Après avoir chanté les prodiges, l'amour, la richesse, la douceur de l'auguste Sacrement, le poète, ou plutôt l'ami du divin Époux de nos âmes, *amicus sponsi*, se voyant impuissant à énumérer les bienfaits de l'Eucharistie, ne trouve rien de mieux que de lui appliquer ce que le roi Salomon disait de la sagesse : « Tous les biens viennent avec Elle ! » En effet, si ces paroles étaient applicables à la sagesse qui n'est qu'un attribut de Dieu, à plus forte raison le sont-elles à l'Eucharistie qui est Dieu lui-même avec toutes ses perfections et toutes ses grâces !

Ame chrétienne, voulez-vous l'innocence d'un Louis de Gonzague, d'une Véronique de Juliani?.. Prenez l'Eucharistie ! Voulez-vous la douceur d'un François de Sales? Prenez l'Eucharistie ! Voulez-vous la science d'une Catherine d'Alexandrie? Prenez l'Eucharistie ! Voulez-vous, en un mot, la pureté des vierges, la foi des confesseurs, le courage des martyrs, le génie des docteurs, la richesse du ciel? Prenez l'Eucharistie,

« Tous les biens viennent avec Elle ! »

Ne vous êtes-vous point dit quelquefois que ç'eût été pour vous un bonheur inexprimable de presser l'Enfant Jésus dans vos bras, d'habiter avec lui dans la maison de Nazareth, de le suivre dans sa vie apostolique, de l'accompagner au Thabor, à Gethsémani et sur le Calvaire ?... Avec l'Eucharistie vous avez ce bonheur,

« Vie et mort de Jésus, elle est tout à la fois ! »

L'Eucharistie ! elle est une chaîne d'or qui nous rattache au ciel et dont les anneaux sont nos communions successives. Première communion au début de la vie, dernière au seuil de l'éternité ! pain des forts qui nous dispose au combat, viatique précurseur du triomphe et de la communion éternelle !.. La terre, le ciel, l'exil, la patrie, le combat, la couronne, le temps, l'éternité, et partout et toujours l'Eucharistie, trésor des trésors, joie du ciel et salut du monde !..

« Tous les biens viennent avec Elle ! »

O âmes chrétiennes, ô vous tous, voyageurs du temps vers l'éternité, que le souvenir de votre première communion embaume toute votre vie ! qu'il vous console dans vos tristesses, qu'il vous ranime dans vos défaillances, qu'il vous ramène à Dieu et à la vertu si vous aviez le malheur de vous en éloigner! et dites-vous souvent :

Quoi! « sans l'Eucharistie arriverais-je aux cieux?
Elle en est l'avant-goût et le chemin joyeux;
Tous les biens viennent avec Elle! »

XI

LE LIS ET L'ÉTOILE

Jésus parlait en parabole ;
Et, c'est pour le mieux imiter,
Que j'aime à me représenter
Toutes choses sous leur symbole ...
Marie a deux noms dans mes chants :
L'étoile au ciel, le lis aux champs.

Salomon, dans toute sa gloire,
N'était pas vêtu comme un lis :
Leurs manteaux blancs sont si jolis
Qu'il est facile de le croire.

Mais Marie, objet de mes chants,
Vaut mieux pour moi qu'un lis des champs.

Tous les diamants de Golconde
Brillent moins qu'une étoile aux cieux ;
Mais tous les astres, à mes yeux,
N'ont que le vain éclat du monde.
Mon bijou, d'un prix immortel,
C'est Marie, Etoile du ciel !

Qu'offrir à cette Mère aimable ?
J'ai songé d'abord à mon cœur ...
Je l'offrirais, si, par malheur,
Je ne le sentais trop coupable.
Puisque mon cœur est si méchant,
Je préfère un lis de mon champ.

Oui, j'ai péché. Mais je dois dire
Que mon esquif est bien léger.
Comment échapper au danger
Du flot qui monte et qui m'attire?
En face de ce flot cruel,
J'invoque mon étoile au ciel !

Le lis se fane en la prairie,
Et chaque étoile tombera ...
Mais le bon Dieu me gardera
L'étoile et le lis de Marie.
Quand verrai-je, pauvre mortel,
Mon lis et mon étoile au ciel?...

RÉFLEXIONS

Une fois encore le disciple est heureux de rentrer dans son rôle ; il écoute.

« Marie est le lis par excellence. Jésus-Christ dit, parlant du lis des champs, qu'il est plus éclatant que Salomon dans sa gloire. Je ne connais qu'un lis préférable à celui des champs, c'est le lis du ciel, c'est Marie (1) ».

« Marie est pour nous l'étoile de Jacob dont les rayons illuminent le monde.

« Elle est l'étoile qui, au-dessus de cette mer orageuse, brille par ses mérites ainsi que par ses exemples. O Marie, étoile de la mer, sauvez-moi du naufrage ! O Marie, étoile du matin, annoncez-moi le jour qui ne doit plus finir (2) !.. »

> Quand verrai-je, pauvre mortel,
> Mon lis et mon étoile au ciel?...

---

(1) *Méditations sur l'Eucharistie*, Marie et l'Eucharistie.

(2) *Etudes sur le symbolisme de la nature*. Les étoiles, VIII.

XII

NOTRE-DAME DE LOURDES

I.

Chantez, enfants de Marie,
Chantez en chœur triomphant,
A Lourdes une petite enfant
A vu cette Mère chérie.
Elle était belle, et ses yeux
Lançaient des regards joyeux ;

REFRAIN.

Ni larmes, ni plainte amère !
Au-dessus du rosier fleuri,
Elle a souri, bonne Mère,
La bonne Mère a souri.

II.

Sa robe était blanche et pure,
Son voile, blanc comme un lis ;
Et pour nous cacher dans ses plis,
Elle portait une ceinture.
A la place des souliers,
Une rose sur ses pieds ;
Mais pas une plainte amère !
    Au-dessus, etc.

III.

Quand la pauvre bergerette
Vit pour la première fois
Cette Mère du roi des rois,
La frayeur la rendit muette ;
Et puis elle s'enhardit,
Et confiante elle se dit :
Loin de moi la crainte amère !
    Au-dessus, etc.

IV.

Marie en touchant la terre
A fait jaillir un ruisseau,

Si clair et si frais, qu'à son eau
Chaque passant se désaltère.
C'est l'image des bienfaits
Qu'elle répand désormais.
Loin de nous la crainte amère !
   Au-dessus, etc.

V.

Là de nouveau le ciel brille
Pour l'aveugle bien souvent,
Plus d'un boiteux se relevant
A pu marcher sans sa béquille.
Que de pauvres affligés
S'en retournent soulagés !
Loin d'eux toute crainte amère !
   Au-dessus, etc.

VI.

Surtout combien sa clémence
Prend en pitié les pécheurs !
Comme elle sait gagner leurs cœurs
Par sa miséricorde immense !

Désormais tout à Jésus,
Ils ne l'offenseront plus.
Pour calmer leur plainte amère,
   Au-dessus du rosier, etc.

VII.

Mais pourquoi ce doux sourire,
Cette paix, cet air si joyeux,
Et cette vision des cieux ?
D'un seul mot je vais vous le dire :
L'*Immaculée* est son nom !
La devise est le pardon !
Pour nous plus de crainte amère !
   Au-dessus, etc...

RÉFLEXIONS

Ce cantique, tout rayonnant du sourire de la Mère de Dieu, est le premier qui ait été composé en l'honneur de Notre-Dame de Lourdes.

Il résume dans ses strophes harmonieuses ce qu'il y a de plus saillant et de plus pratique dans les dix-huit apparitions de la sainte Vierge à la petite Bernadette (1).

Mis en musique par le R. P. Herman, de sainte et glorieuse mémoire (2), il eut le privilége, si bien mérité d'ailleurs, d'inaugurer ces chants d'amour et d'espérance qui vont toujours croissant avec les flots pressés des pèlerins vers la Grotte bénie, et que redisent déjà tous les échos du monde.

Aimable Grotte de Lourdes, si jamais je t'oublie, que ma droite se dessèche, que ma langue s'attache à mon palais, si je ne te mets pas tou-

----

(1) A l'époque des apparitions (février 1858), Bernadette n'avait que quatorze ans.

(2) On sait que le P. Herman est mort victime de son dévouement au milieu de nos frères prisonniers en Prusse.

jours au nombre de mes plus chers souvenirs !..

C'est là que toute âme souffrante sent un doux baume couler sur ses blessures, c'est là que toute âme voyageuse aimerait à fixer son repos, c'est là surtout que le lis de la vallée nous attire à l'odeur de ses parfums.

Paix ineffable, joie sereine, douce confiance, attraits puissants, vous êtes l'effet du sourire de Marie :

« Ni larmes ni plainte amère,
Au-dessus du rosier fleuri
Elle a souri, bonne Mère,
La bonne Mère a souri ».

TABLE

Bar-le-Duc. — Typographie des CÉLESTINS. — BERTRAND